U0009633

Between 22°C~24°C

GREECE.AEGEAN SEA
2003 SEP.

22°C~24°C 不佔空間，也沒有大小，它在時間飄動的曲線裡繁殖一種舒暢的感受。

● ATHENS

Contents

•

- - - 愛琴海　　AEGEAN SEA - - - 4

- - - 雅典1　　ATHENS 1 - - - - - 6

- - - 米克諾斯島　MYKONOS - - - - - 30

- - - 聖特里尼島　SANTORINI - - - 76

•

- - - 羅德斯島　RODOS - - - - - - 136

- - - 雅典2　　ATHENS 2 - - - 150

● MYKONOS

● SANTORINI

- - - 後記・台北 - - - - - - - - - - - 158

● RODOS

SANTORINI.AEGEAN SEA

我是隻貓也好，不是也好，

那只是程度上的差別。

在規則與不規則的時間間隔裡，

前進接著前進地前進…

直到有一天我遇到陽光中的一隻小鳥，

給了我一對飛行的翅膀，

牠說：「只要穿上它，心裡發出勇敢的力量，

就可以去任何你想去的地方。」

於是，我穿上翅膀，開始第一次勇敢的飛翔。

經過了108年，奧運再次回到它的出生地 —— 雅典

這裡有種專屬的微風，小小的，
在小巷樹叢裡穿梭，讓綠葉忙的不停彼此問候。

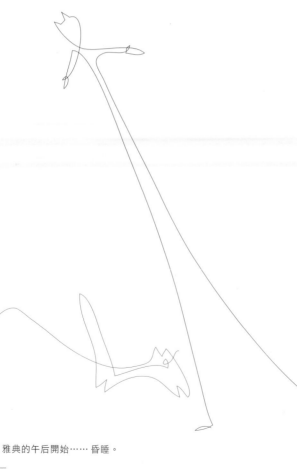

雅典的午后開始……昏睡。

不想睡的小貓弓起背，又探下頭叫了一聲：「喵～」
沒有應答，很好奇地又叫了一聲：「喵～」

飛行了很久，我在白色的小徑間休憩。

PLAKA . ATHENS .
11 SEP.

九重葛的少女們，陽光下一起跳舞歌唱，點燃了整個夏日的熱情。

雅典·普那卡 PLAKA.ATHENS.

我們都擁有哲學家的包容力，大大方方的串門子，
喵～喵～～，然而這也算是一種問候吧！

PLAKA.ATHENS.
11 SEP.

喵～喵～喵～咕嚕 咕嚕 咕嚕
1 2 3 4 567　2 2 3 4 567
喵～喵～喵～咕嚕 咕嚕 咕嚕
1 2 3 4 567　2 2 3 4 567
………… ……… ………　………………

陽光同時熱烈地為我們鼓掌！

雅典衛城 — 普羅皮萊門 ACROPOLIS-PROPYLAEA

修復歷史古蹟的工程在希臘已經重複幾千年了，

來自世界各地的旅人踏上巨石廊柱，追憶著那些一去不復返的歲月。

雅典衛城博物館 Acrpolis Museum

普羅皮萊門 Propylaea

海羅迪·阿提科斯音樂堂 Herad Atticus Odeom　巴特農神殿 Parthenon

鴿子不知什麼時候悄悄地隨風飛了上來，
牠很驕傲，
因為牠是第一隻飛上來的鴿子。

瞭望台 Belvedere

向日葵

「這是很久以前的故事…」貓對我說。

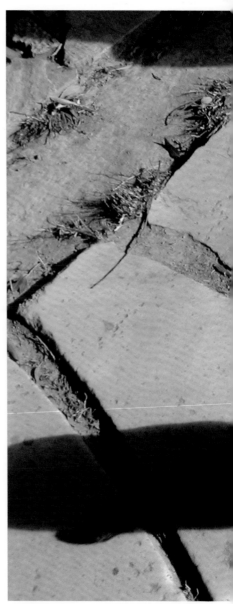

海法斯提歐神殿 TEMPLE OF HEPHAISTOS

葛萊媞雅是一位人間的少女,她親手栽種的花,生長得如此美麗,
都是因為太陽神給予陽光的關係,她叮嚀自己,要親自向太陽神阿波羅道謝!
清晨天還未亮,葛萊媞雅就到花園等待著日出。
瞬間,陽光普照大地,神采奕奕的太陽神阿波羅,駕著馬車越過天空…
他俊秀的容顏深深吸引著她,葛萊媞雅忘了要向阿波羅表達她的感激,
她,愛上了阿波羅…

太陽神阿波羅是驕傲的,他是不可能愛上人間的少女。
葛萊媞雅依然每天仰望著天空,期待阿波羅對她的愛。
天上的諸神聽到了她的心聲,於是把她變成一朵永遠仰望著太陽的花朵,
它的名字就叫做「向日葵」。

貓說完了之後,心中像是裝滿了無限的情緒,融化在陽光中…

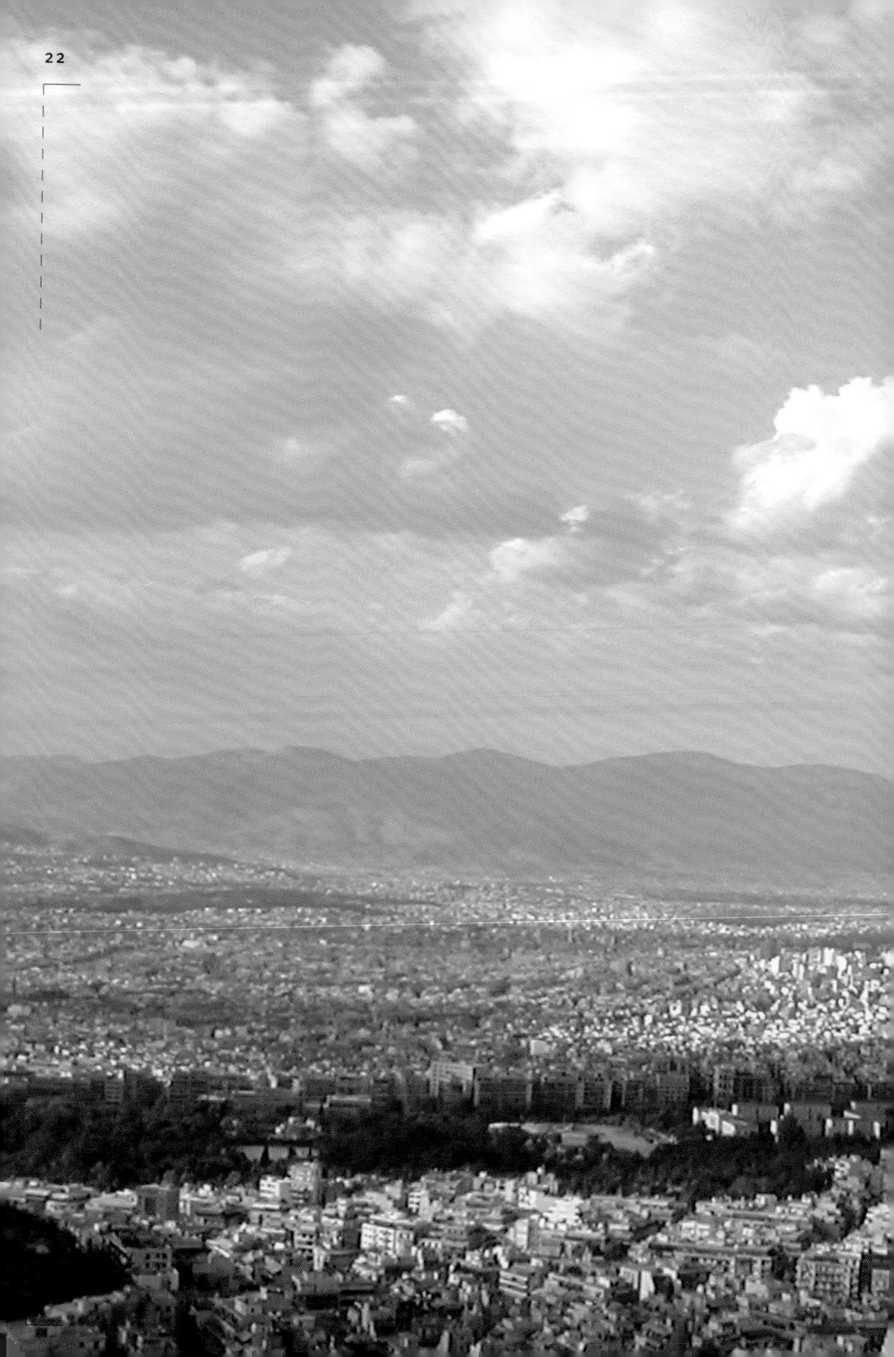

我與風從派瑞斯港口出發，躍上利卡維特斯丘陵，
看到阿波羅遺落在愛琴海的鑽石。

利卡維特斯丘陵 Licabettus Hill

音樂堂下的貓，因為睡得太沈了，在夢裡變成一隻大乳牛…
夢裡會發生的事還不只這些呢！

昔克蘭文明與古希臘美術博物館
ATHENS:
Museum of Cycladic & Ancient Greek Art
12 SEP.

ATHENS:ACROPOLIS
11 SEP.

國家級的公務員

希臘神話中自戀的美男子納西瑟斯，每天在森林的水潭邊顧影自憐，變成了水仙花…
森林中徘徊的精靈——寧芙女神艾可，追尋著她迷戀的納西瑟斯…

歲月的巨輪已經轉動一千多次了，艾可如何才能把內心的情愫向水仙花說清楚呢？

ATHENS:STADIOU ST.
11 SEP.

普那卡—佛利斯街44號　VOULIS 44A-PLAKA

普那卡的老夫婦開的小餐廳，有如康乃馨般温暖　，
來這裡用餐的人可以得到幸福、貓可以得到滿足。

每天清晨都可以眺望衛城，還可以享受一杯
只能清醒一半的咖啡。

烏龜說：「狗朋友，我知道你是隻善良的動物，
並且充滿同情心，拜託你不要再叫了。」
狗朋友面對這樣的烏龜唯一想到的就是見義勇為。
有些狗睡著了，就像石頭一樣不會醒。

雅典衛城 ATHENS:ACROPOLIS

好脾氣的阿德尼斯媽媽，每天都像忙著旋轉的陀螺。
她們會把剩下的麵包拋向空中，最後落在隔壁的陽台上
餵鴿子，因為她們從不浪費任何東西。

阿德尼斯小旅館　HOTEL ADONIS

商店的貓跟我說：「我們家老闆出去了！」
老闆一回來就對牠說：「一起去小島渡假吧！那兒的天空比這裡更藍，
還可以在沙灘上滾來滾去喔！」
牠高興的舉起尾巴，不斷來來回回在老闆腳邊咕嚕咕嚕地磨蹭…

雅典・普那卡 PLAKA.ATHENS.

我在小巷聽到天使的笑聲

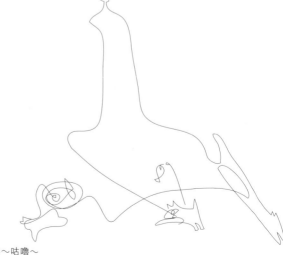

交換早晨的問候!

「今天我有一條魚」,
「我有三片起士…」咕嚕～咕嚕～

MYKONOS
14 SEP.

米克諾斯的教堂比台灣的7-11還多，島上的居民是否每三分鐘就會想禱告？

如果不是遠方傳來車子的引擎聲，如果不是偶爾渡輪進港的汽笛聲…
披上早晨陽光的小島彷彿真的靜止了。

「我有一條魚，可交換餅乾嗎？」真心想交朋友的貓問。

MYKONOS
14 SEP.

魚交換了餅乾，餅乾交換了玉米，蜘蛛交換了蝴蝶，玫瑰花交換了仙人掌…
最後用四條小烏賊和小女孩交換了一張日落的圖畫。

我從屋頂追逐落單的麻雀,在轉角滑倒,
驚動了正在做白日夢的五彩蜥蜴……溜進了縫裡……
唉!……牠到底什麼時候出來?

「咪咪，」小女孩說：「明天小鳥看到我穿上粉紅色的衣服時，牠們心裡會想些什麼呢？」

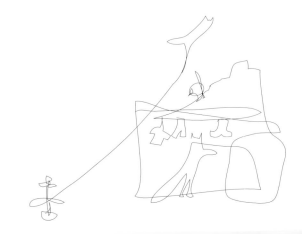

黑貓偽裝在椅子下無所事事，
椅子雖然發了些牢騷，也只好先睡個午覺再說！

陽光停留了一下，就從一樓上了二樓，
「老天，親愛的，全被你搞砸了！」夢見奶油蔬菜湯的貓打了個大哈欠說…

彩色的冰淇淋與咖啡原因不明的在轉角相遇。

海鷗從這裡飛走，又飛了回來，
風輕唱著海的曲調，船述說著航海的故事，
如果你聽不懂，
可以問問住在海邊的鵜鶘鳥。

一隻狗可以擁有黃昏的海灘！
光亮、友善的小島還藏著多少祕密？

空氣飄起各式誘惑靈魂的音樂，沸騰的聲浪可以持續整個夜晚。

「可以請妳跳舞嗎？」
就在小小的窗台上，一個愛情飛到了另一個愛情，
從人間飛到了天堂～

陽光伴著洗衣粉的氣味在晨曦中醒來…

客廳的貓從陽台鑽了出來,打算一早就去海邊捕魚,
才跳下階梯,就遇上一地的起士粉!

AM 8:32　老伴相隨

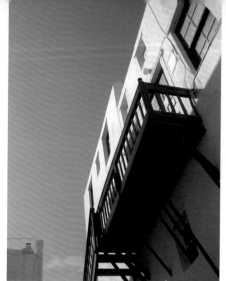

拍著二片粉紅翅膀的蝴蝶，停在陽光下小憩片刻，就悄悄地飛走了。

MYKONOS
16 SEP.

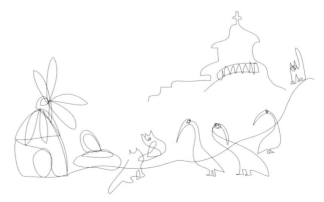

黑貓説牠一早就去過海邊了，當時大家都在聽鵜鶘鳥講故事。

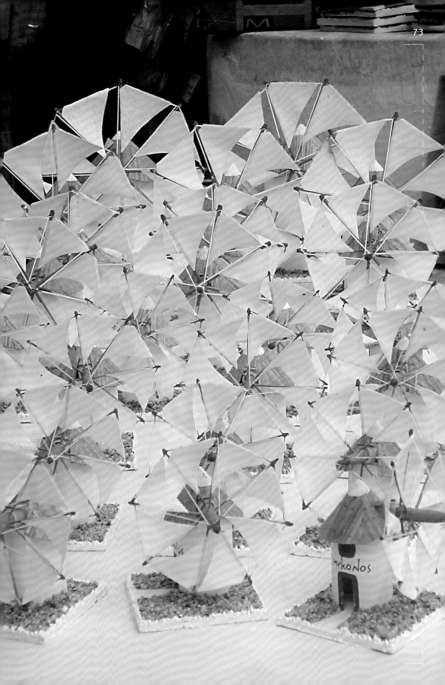

旅館的老闆會講七國語言,臨行前從樹上採了兩顆紅色的石榴作為禮物。

馬提納旅館 HOTEL MATINA

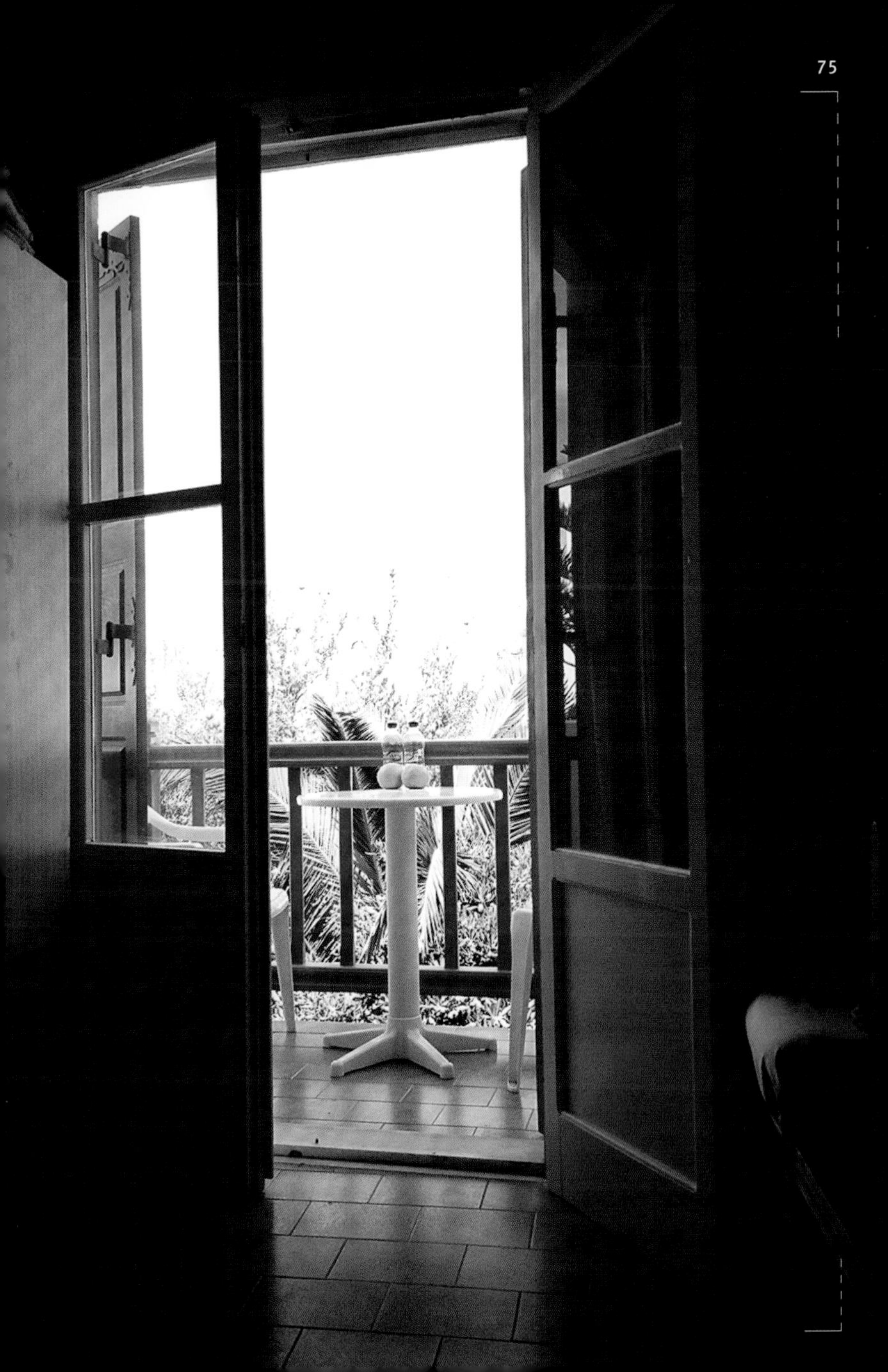

FLYING DOLPHIN

下了船，我從雍塞的碼頭擠了出來，抬頭望去，小島是個披著棕色斗篷的巨人！
引擎的噪音夾著興奮而顫抖的聲浪越爬越高…
到了巨人頭頂的城鎮——看見閃閃發光的神話所在！

FIRA.SANTORINI.

OIA.SANTORINI.

愛好中文字的遊客show出他手臂上的刺青「夷」
小鳥告訴他那是「時辰」的意思。

在這裡，可以看到非常非常遠的地方…

陽光下，風為戀人奏出幸福的進行曲…

陽光輕輕地來到小院子，和影子閒聊了一會，
又順著鄰居的白牆把石頭烘得昏昏欲睡…

FIRA.SANTORINI.
17 SEP.

九重葛在陽光下編織著自己的故事，
蝴蝶認真聽著，似乎懂了，飛去找尋自己的故事～

FIRA.SANTORINI.
17 SEP.

FIRA.SANTORINI.
17 SEP.

偵查了大海、做完日光浴、舔光麵包上的奶油，一起玩個玩遊戲吧！

FIRA.SANTORINI.
17 SEP.

一位天才魔術師，為了滿足孩子們的願望，把海底神祕的宮殿變到這裡來，
孩子如果把頭伸出宮殿的窗戶，就可以看到一片遼闊的大海，孩子們眼中的世界開始變大…

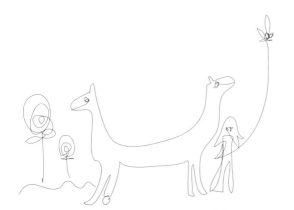

花兒在陽光中微笑著，因為阿波羅的神力，使它散發出芳香⋯
「只有在太陽下山後，我才會闔上花瓣，在空氣的擁抱中睡去。」花兒說。

FIRA.SANTORINI.
17 SEP.

「哦！這是一趟長途的旅行…」喝著啤酒的貓說。
「…………」我沈默不語。
「…躺在甲板上晒太陽，看到海鷗在蔚藍的天空中自由地飛翔，
　那種瀟灑也曾勾起我飛翔的慾望。」喝著啤酒的貓又說。
「…………」我不發一語。
「在一次的航行中，我遇到了暴風雨，更糟的是連羅盤也壞了…正當迷失方向時，
　我看到了一群海鷗，指引了我回到港口，如果當時不是海鷗救了我，
　我就不可能在這跟你聊天了！」喝著啤酒的貓繼續說。
「…………」
「…………」

飛過了青翠的山谷，飛過了風平浪靜的愛琴海……
所有的天空都是屬於我的。

不知飛了多久,我與小鳥在教堂的藍頂上看著天空,小鳥說:「我已經流浪四個多月了!」

「………………」

重複了一整天的追逐遊戲，狗兒們才想起該回家了。

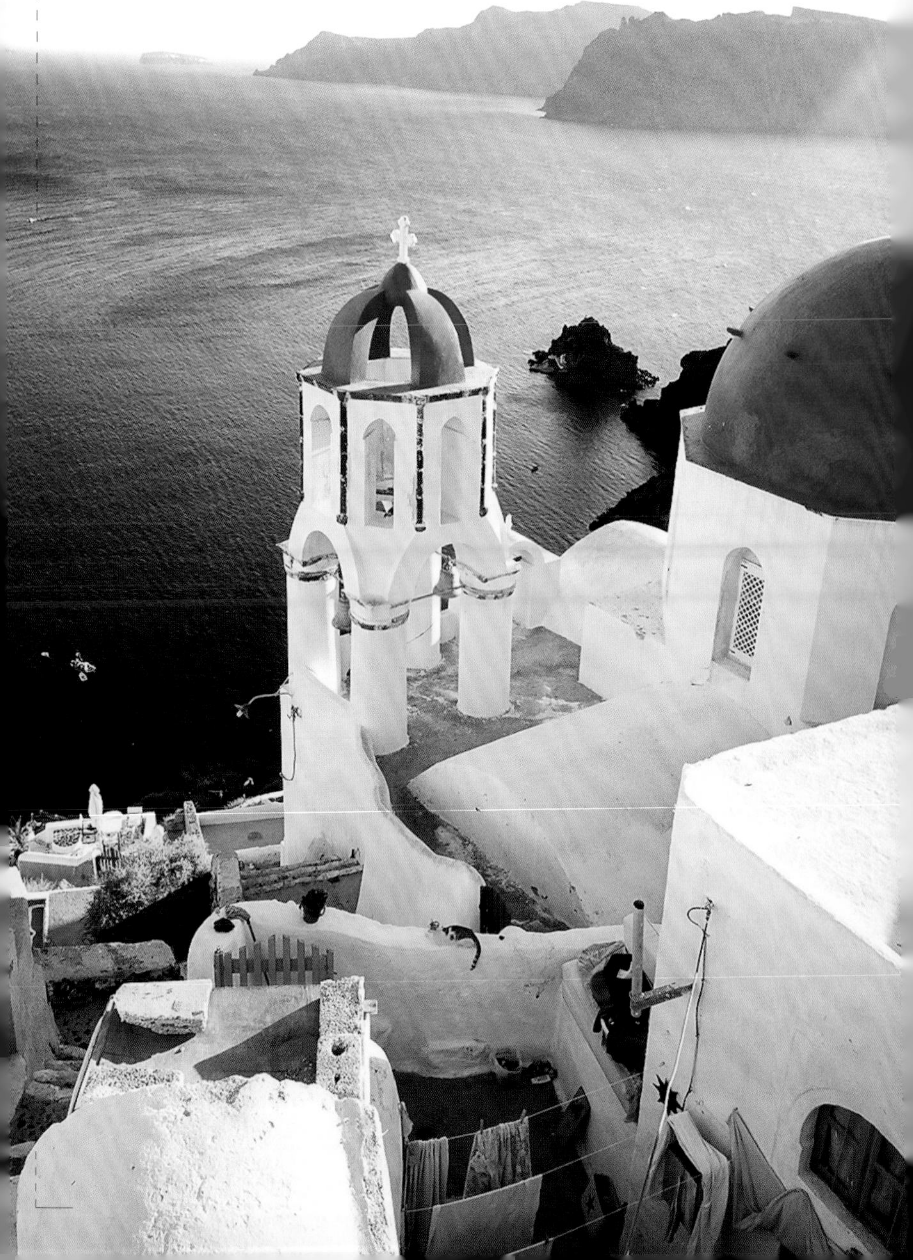

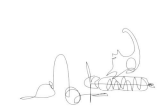

「愛琴海給了我一個永恆的靈魂與人類分享永恆的幸福。」愛琴海的貓説。

影子越爬越遠，我向影子揮揮手，影子也向我揮起手來…
「那你自己去玩吧！但別忘了回來喔，還要告訴我你看見了什麼哦！」

OIA.SANTORINI.
17 SEP.

看到如此的友誼，黑貓只說了一句話：「你相不相信永遠？」

OIA.SANTORINI.
17 SEP.

夕陽擁抱著愛琴海，暈染出所有神奇的色彩…

空氣殘留著陽光淡淡的香味，
我看到月亮如精靈般悄悄地點燃一盞一盞的小燈…

748

玩具熊＋小黃狗－橄欖油×葡萄酒÷香煙＋花果醋＝開心果共和國
他們都為彼此的快樂而快樂！

蟬兒早早都把歌唱完了…
海洋輕輕拍打著午睡的小島，這搖籃曲也哼得慵慵懶懶。

陽光穿過了窗戶，看到躺在床上的小孩和他身邊的貓⋯

「我長大以後，要成為大船的船長到各處旅行，我們一起去吧！
你一定也會是個優秀的航海貓。」
貓咕嚕咕嚕地吃著餅乾，餅乾裡還有魚的味道。

不論我從哪一個方向出發,都會像走進鏡子的愛麗絲,
只是,兔子一直沒有出現。

白花貓搔著耳朵，搔完左耳再搔右耳。

「他是我的老朋友——黑貓。」白花貓説：「瞧！他多黑呀！」

OIA.SANTORINI.
18 SEP.

OIA.SANTORINI.
18 SEP.

一群垂頭喪氣的驢子，行行復行行地從港口翻越曲折的山坡…

「這一路上牠們累得連閒聊的力氣都沒了！嗚喵～」

「呦荷荷！」驢背上的吉普賽人振作精神的呼喚著…

「聖母瑪利亞，希望這一趟真的是回家的路了！汪！汪！」

「如果他們不想企圖逃走的話…喵～」

「天呀！難道你不知道驢子張著眼睛也能睡覺…」

「…………………………」

OIA.SANTORINI.
18 SEP.

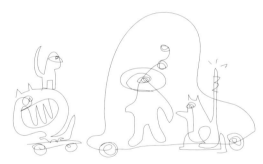

小島真有魔法！
天使將魔法如花粉般一點一點撒在小島上，
文明的世界好像從來沒有存在過。

OIA.SANTORINI.
18 SEP.

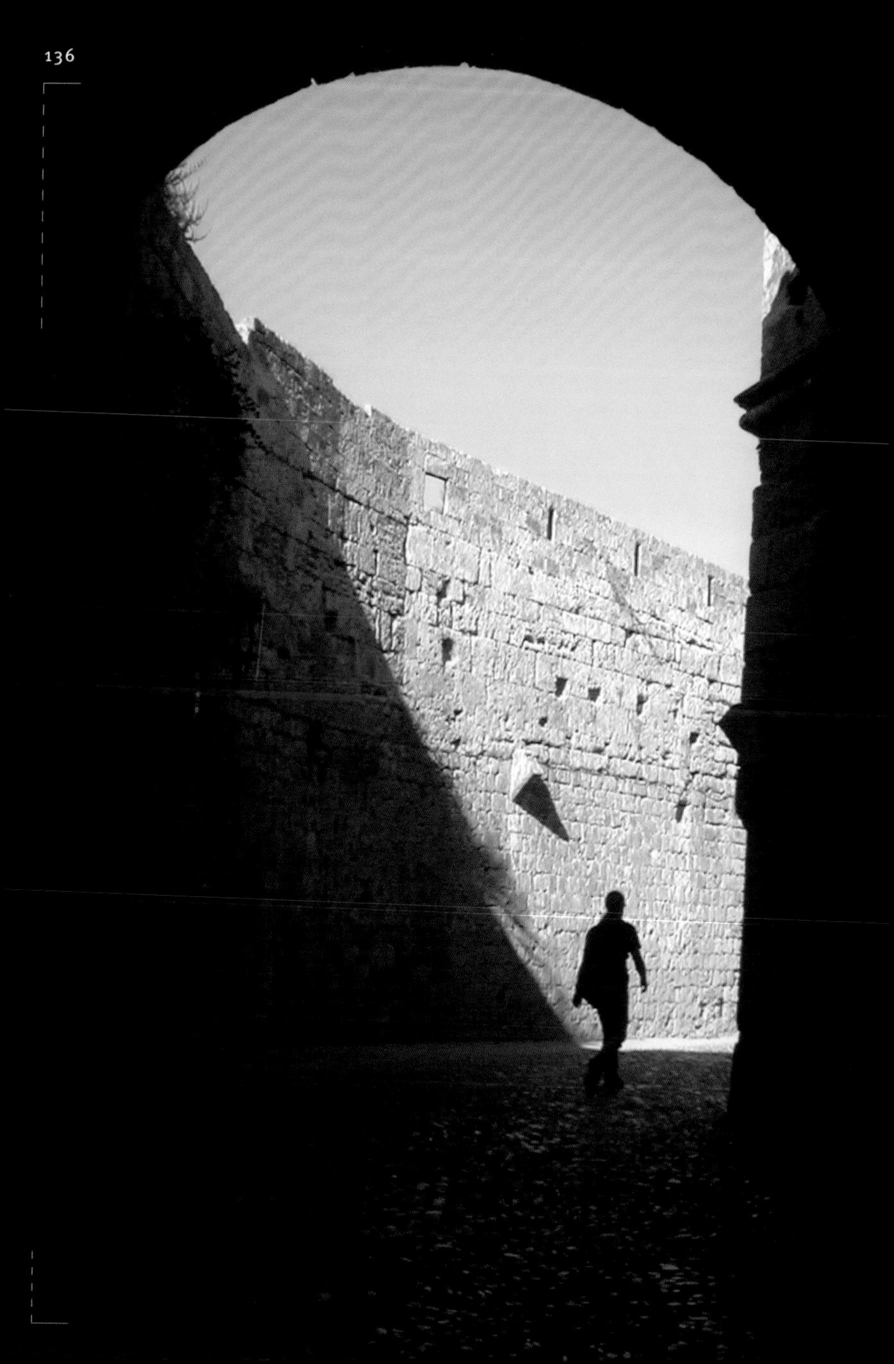

來自遠方的騎士，在古老的神殿邂逅一位美麗的寧芙女神⋯

考古學博物館 ARCHAEOLOGICAL MUSEUM

我傾聽風吹動樹葉的聲音,是在唱歌還是在説話?
但是,一切都太輕了…
畢竟我是隻貓,就睡著了。

RODOS:OLD TOWN
19 SEP.

這是一座古代騎士的城堡，長春藤密密麻麻爬在古老的城牆上，
當葉子被風從枝頭吹落的時候，沒有一瓣飄得比她還輕，當她從伊波頓街走來，
沒有一種顏色能與她區隔，她就是伊波頓街的妖精。

即使在陽光下，她的心還是冷得像一顆冰塊。

RODOS:IPPOTON ST.
19 SEP.

伊波頓街 IPPOTON ST.

RODOS:
PALACE OF THE GRAND MASTER
20 SEP.

騎士團團長宮殿　PALACE OF THE GRAND MASTER

考古學博物館 ARCHAEOLOGICAL MUSEUM

烏鴉告訴鴿子：「你們在這池邊等我！」
就再也沒有回來了。

考古學博物館 ARCHAEOLOGICAL MUSEUM

阿奇利斯是一個天生力大無窮的大力士，拿著棍子用力刺向兇猛的獅子。

騎士團團長宮殿 PALACE OF THE GRAND MASTER

聖尼可拉斯要塞　FORTRESS OF ST. NICHOLAS

在海邊撿起一顆一顆的石頭，像是收拾一種結束飛翔的心情，
這是旅程中所經歷最難忘的夕陽。
「多希望現在就是世界末日啊！」貓嘆息道。

羅德斯島有綿延數十公里的海灘，只要越過飯店的馬路，就可隨時享用。

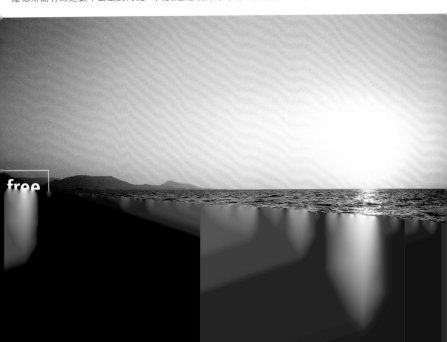

希臘民藝博物館 GREEK FOLK ART MUSEUM

門票：3£
親切的民藝博物館老奶奶説：「貓可免費。」

PLAKA.ATHENS.
21 SEP.

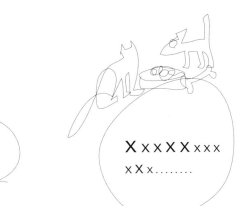

PLAKA.ATHENS.
21 SEP.

忘了卸妝！

PLAKA.ATHENS.
21 SEP.

後記

想導―青芬

一個人想要出走時，什麼也擋不住！
二人個人想出走時，只剩下時間的問題，然而時間也不是困擾，
接下來的事便是決定逃到那裏去。

巴黎，塞那河畔吟唱玫瑰人生、巴黎鐵塔下狂奔、羅浮宮前搔首弄姿、
奧塞美術館內膜拜羅丹、附庸風雅穿梭龐畢度、迷戀米羅…

走過香榭大道，品嚐cafe au lait，仰望藍天，想去另一個國都，
隔天退了房間，直奔雅典，溫度從22˚C～24˚C。

思念巴黎，同時愛上米克諾斯與聖托里尼，流連愛琴海。

早晨醒來自由來去，漫步在陽光裡，仰望著藍天，
徐徐微風輕吹。累了，隨意挨著白牆小憩的些許奢求，
似乎在阿波羅的懷抱裡才能放縱開來！

回到台北，風塵僕僕，行囊滿滿，氣味飽足，飄洋過海，
催化著下一次的行程。

蕙蕙，帶回愛琴海的陽光，一張張的影像，那是自在的足跡。

catch 068

Between 22˚C ~ 24˚C

作者：徐蕙蕙

想導：青芬

責任編輯：韓秀玫

法律顧問：全理律師事務所董安丹律師

出版者：大塊文化出版股份有限公司

台北市105南京東路四段25號11樓

讀者服務專線：0800-006689

TEL：(02) 87123898

FAX：(02) 87123897

郵撥帳號：18955675

戶名：大塊文化出版股份有限公司

e-mail: locus@locuspublishing.com

www.locuspublishing.com

總經銷：大和書報圖書股份有限公司

地址：台北縣五股工業區五工五路2號

TEL：(02) 8990-2588　(代表號)

FAX：(02) 2290-1658

初版一刷：2004年6月

定價：新台幣250元

ISBN 986-7600-52-5

Printed in Taiwan